ODES,

Par J. B. Barjaud.

On trouve chez le même Libraire les Odes nationales *et le* Poëme sur Homère *du même Auteur.*

Imprimerie de Brasseur aîné.

Le PASSAGE DU NIÉMEN,

Le Rétablissement DE LA POLOGNE,

l'Anniversaire DE LA NAISSANCE DU ROI DE ROME,

ODES,

Suivies de Fragmens traduits de Juvénal, de Claudien et de Sénèque.

Par J. B. Barjaud.

A PARIS,

Chez P. BLANCHARD, Libraire, Palais-Royal, galerie de bois.

1812.

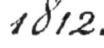

LE
PASSAGE DU NIÉMEN,
ODE.

Le souverain des dieux appelle son tonnerre :
—Réveille-toi, dit-il; mon courroux va briser
L'audacieux complot des enfans de la Terre;
Sous ces monts insolens je les veux écraser.—
    La foudre obéit; sur sa tête
    Il la balance au haut des airs;
    Sa main brille dans la tempête;
    Son front est couronné d'éclairs.

En rayons inégaux la foudre se sépare,
Et sa triple clarté fait resplendir les cieux;
Elle tombe. Géans, troupe horrible et barbare,
Vous pâlissez déjà sous le courroux des dieux!
    Elle roule plus vite encore,
    Et, poursuivant leurs bataillons,
    Les enveloppe, les dévore
    Dans ses rapides tourbillons.

Elle lance en grondant l'énorme Briarée
Contre les rocs noircis des monts Thessaliens,
Brise sur le Rhodope Ephialte et Corée,
Précipite Encelade aux bords Siciliens.
 L'Etna s'ouvre; dans cet abime
 Il se consume en vains efforts:
 Etna, son front touche à ta cime;
 Ses pieds descendent chez les morts.

—Que sont-ils devenus ces enfans de la Terre,
Dont j'ai vu la révolte et l'orgueil insensé?
Dit le Céphise, ému du fracas de la guerre.
J'ai reconnu les dieux quand la foudre a passé.
 Les Titans insultaient mes ondes;
 Folle ivresse! cris superflus!
 Où sont leurs traces vagabondes?
 Je cherche, et ne les trouve plus.—

Ainsi, fleuve de paix, aujourd'hui de vengeance,
Le Niémen, étonné d'un si prompt changement,
Voit les Titans du Nord devant l'aigle de France
S'enfuir, déjà punis d'un parjure serment.
 Fallait-il qu'un traité frivole
 Des nations réglât les droits!
 Les dieux mêmes de leur parole
 Ne peuvent dégager les rois.

Qu'un citoyen vulgaire, à l'honneur infidèle,
Foule aux pieds des sermens dont l'équité répond,
Lui-même il se flétrit d'une honte immortelle;
Le déshonneur du moins ne courbe que son front:
    Mais les peuples sont vos complices,
    Rois! ils partagent vos revers;
    Si vous creusez des précipices,
    C'est sous leurs pas qu'ils sont ouverts.

Tu fais de mes discours la dure expérience,
Alexandre! Ta bouche a trop vite oublié
Qu'elle osa garantir cette sainte alliance
Qui chassait de tes ports l'anglais humilié;
    Tu vois au sein de tes provinces
    La foudre et ses embrasemens.
    Souvenez-vous toujours, ô princes!
    De garder la foi des sermens!

Oui sans doute Albion, que repoussait la terre,
Dut frémir dans son cœur de ce fatal exil:
Elle apportait l'insulte; elle trouvait la guerre:
Ses yeux de l'avenir ont vu tout le péril.
    Sur les pas de l'obscure intrigue
    Elle répand l'or à grands flots;
    Mais ce torrent trouve une digue
    Dans la fermeté d'un héros.

Anglais, espériez-vous que déjà son audace
Oubliait vos complots dans un lâche sommeil?
Il lit dans la pensée; il prévient la menace,
Et son glaive s'enflamme aux rayons du soleil.

    Le voyez-vous? L'aigle s'élance
    Devant ses nobles étendards!
    Sa gloire amène la Vengeance;
    Son bras enchaîne les Hasards.

O Niémen! sur tes bords il vient de reparaître!
Non tel que tu le vis, l'olivier à la main,
Vainqueur, mais désarmé, trop généreux peut-être,
Foulant aux pieds Bellone et le fer inhumain;

    Mais terrible dans sa colère,
    Et s'écriant, le bras levé:
    —Dignes amis de l'insulaire,
    Le jour fatal est arrivé!—

Le fleuve entend ces mots retentir sur ses rives;
Il relève son front, de roseaux couronné,
Son front, qui, dominant ses ondes fugitives,
Devant César vainqueur s'est trois fois incliné:

    —Parle, dit-il; la Lithuanie
    De l'esclavage va sortir:
    Le sort, fidèle à ton génie,
    N'osa jamais te démentir.—

Voici que tout à coup sur la rive opposée
Un géant, qui frémit de ce noble dessein,
S'approche, et, se flattant d'une victoire aisée,
D'un bras touche le pôle et de l'autre l'Euxin :
    Son front, environné d'orages,
    Domine au loin sur ces climats,
    Fier de cacher dans les nuages
    Son diadème de frimas.

—Tu ne franchiras pas ce fleuve qui t'arrête,
Dit-il insolemment au héros des Français ;
Mets le pied dans son onde, et la vengeance est prête :
Que la fortune ici t'ose ouvrir un accès ! —
    Le fantôme de la Russie
    S'effraie en achevant ces mots ;
    Sa voix tremblante balbutie
    Devant un regard du héros.

Le vainqueur d'Austerlitz fièrement l'envisage ;
A sa vaine insolence il ne répondra pas :
—Cède-moi, lui dit-il, cède-moi ce rivage ;
Fuis, et loin de ces bords précipite tes pas ! —
    Ces mots viennent comme un tonnerre
    Frapper l'audacieux géant :
    Il fuit ; son orgueil téméraire
    Tombe du ciel dans le néant.

Il s'éloigne, entouré d'un nuage propice ;
Au coup d'œil d'un grand homme il croit se dérober :
Mais l'œil vengeur le suit au bord du précipice ;
Déjà le bras s'étend qui l'y fera tomber.

L'univers surpris les contemple,
Et dit, marquant ces jours heureux :
— LES ROIS INSTRUITS PAR CET EXEMPLE
CRAINDRONT LA JUSTICE ET LES DIEUX. —

LE·RÉTABLISSEMENT

DE LA POLOGNE,

ODE.

Relève-toi, Pologne! un vengeur t'est donné,
Dont la puissante voix vient ranimer ta cendre;
Il dit : — Sors du tombeau pour ne plus y descendre;
Sors, le glaive à la main et le front couronné. —
    Soudain les peuples, qui s'étonnent,
    T'ont vue, éclatante de fer,
    Sur les bords grondans du Niéper
Reparaître aux lueurs de cent bronzes qui tonnent.

Ils tonnent pour ta gloire et pour ta liberté.
Regarde ce héros dont le bras leur commande;
Le czar, épouvanté, recule, et se demande,
Voyant de son rival l'invincible fierté,
    Comment sur la plage ennemie
    Fond cet aigle victorieux,
    Qui dans son repos glorieux,
Roi des airs, méditait sur sa foudre endormie.

Pologne, ton grand nom renaît dans l'univers :
Le vengeur d'une main précipite et renverse
Tous ces flots d'ennemis que la frayeur disperse,
Comme si de ses yeux jaillissaient des éclairs ;
 De l'autre ce puissant génie
 Te relève d'un front serein,
 Et fonde sur un triple airain
Le trône où tu t'assieds, superbe et rajeunie.

Sobiesky, Boleslas, vainqueurs des Ottomans,
Vous pleuriez dans les cieux votre illustre patrie ;
Vous pleuriez sur sa mort, sur sa gloire flétrie,
Jadis inaccessible aux coups des Musulmans :
 — Hélas ! disiez-vous, la Victoire
 A donc toujours guidé nos pas
 Afin qu'un jour dans nos états
Du sceptre polonais se perdit la mémoire ! —

Vers l'espoir le plus doux maintenant rappelés,
Vous changez de langage, et cette voix s'élève :
— La Pologne vengée a ressaisi son glaive !
Gloire au libérateur ! tous nos vœux sont comblés.
 Pour vaincre il n'a fait que paraître ;
 Il porte sur des bords lointains
 Et son courage et ses destins :
Le joug vient de tomber ; nos fils n'ont plus de maître. —

Mais devant ces héros le ciel s'ouvre, et je vois,
Du seuil resplendissant des portes éternelles,
Descendre lentement ces ombres solennelles,
Que précède le bruit de leurs fameux exploits ;
    Aux bords que la Vistule arrose
    Leur vol s'abaisse, et leurs regards
    Plongent déjà dans ces remparts
Où du trône affranchi la majesté repose.

Ils ont vu ce sénat, ces dignes Polonais,
Du feu sacré des lois nobles dépositaires ;
Ce peuple, dans ces murs si longtemps tributaires,
Secouant un fardeau qu'il repousse à jamais.
    Dans leurs yeux la joie étincelle
    Quand ce cri sublime est monté,
    Ce cri par les cieux répété :
— La Pologne renaît pour revivre immortelle ! —

— Peuple, dit Sobiesky, sénat, le temps n'est plus
Où le joug étranger pesait sur votre tête ;
Un héros l'a brisé : votre bonheur s'apprête ;
Vous bravez l'oppresseur et ses cris superflus.
    Si la Pologne vous est chère
    Sachez, sachez la gouverner,
    Et gardez-vous d'abandonner
Le trône aux factions, la patrie à l'enchère !

Le trône s'affermit sur la base des lois;
Mais il chancelle, il tombe où règne la licence;
L'union des états fait toute leur puissance;
La nature, et non l'or, doit vous donner des rois.

    O Polonais! votre mémoire
      Est pleine encor de vos revers;
      Voyez les débris de vos fers!
Portez sur vos malheurs le flambeau de l'Histoire!

Vos mains, vos propres mains creusèrent ces tombeaux
Où vous ont engloutis les discordes publiques;
Les plus obscurs complots, les plus lâches pratiques
Ont perdu la patrie et l'ont mise en lambeaux.

    Bientôt la terreur vous surmonte;
      Le fer sur vous est suspendu...
      Sénat, vous aviez tout perdu;
Que de gloire il faudra pour cacher tant de honte!

De vos pères craignez le naufrage imprudent;
Aux leçons du passé que l'avenir s'instruise:
Dieu choisit son héros afin qu'il vous conduise;
Sa voix a réveillé le lion d'occident.

    Le voici qui gronde et s'élance;
      Il met sa force dans vos cœurs,
      Et ses rugissemens vainqueurs
Avertissent le Nord du courroux de la France. —

Ainsi parle au sénat la voix de ces guerriers,
Qui, sur des trônes d'or, éblouissans fantômes,
Remontent vers l'azur des célestes royaumes,
Et penchent vers leurs fils leur front ceint de lauriers.
    Cependant que la Renommée,
    Suivant les Français aux combats,
    Dit, témoin de leurs premiers pas,
—Voilà de mon héros l'audace accoutumée!—

Le Niémen est franchi. Naguère il fut témoin
D'une paix mensongère et d'un serment parjure ;
Il apprend aujourd'hui comme on venge une injure :
Le tonnerre a grondé; la foudre n'est pas loin.
    Fuyez vers la Duna tremblante,
    Soldats d'Alexandre, fuyez!
    Et remportez dans vos foyers
L'espoir que vous donnait la Tamise insolente.

Courez vers la Newa, dans ce palais des czars,
Qui dût demeurer sourd aux cris de l'Angleterre;
C'est là qu'il faut traiter de la paix, de la guerre,
Et répondre aux Français, maîtres de vos remparts;
    Là que le héros de la France
    D'une coupable trahison
    Viendra vous demander raison,
Et vous montrer l'outrage appelant sa vengeance.

Quels timides conseils suit votre orgueil jaloux!.
Parricide prudence! égarement stupide!
Vous craignez d'un héros la valeur trop rapide;
Vous mettez la famine entre sa gloire et vous :
    Vos mains ont semé le ravage;
    Partout vos champs sont dévastés;
    Imprévoyantes cruautés!
L'aigle rit du désert qu'a franchi son courage.

Eh! ne savez-vous pas, vous qu'il a dispersés,
Que toujours sa valeur marche avec son génie?
Voyez donc l'Abondance aux champs de Lithuanie
Le suivre, et lui porter ses trésors amassés ;
    Joignant leurs courses vagabondes,
    Partout les fleuves alliés
    Viennent déposer à ses pieds·
Les tributs de Cérès qui voguent sur leurs ondes.

Invoquez maintenant l'hiver et ses frimas;
Que ce tyran du nord s'oppose à son audace;
Qu'il cherche à l'accabler de ces chaînes de glace,
Fardeau de la nature au sein de vos climats:
    Vaines entraves pour sa course;
    D'un souffle il les fera tomber.
    Allez; il ne peut succomber
Sous les feux du midi, sous les glaces de l'ourse.

Pour le bonheur du monde il règle votre sort ;
Il veut, sur vos remparts déployant ses bannières,
Fermer pour Albion vos ports et vos frontières,
Et dans ses grands projets associer le Nord.
      Où n'arrive pas sa victoire ?
      Partout il s'ouvre des chemins ;
      Le pôle inconnu des Romains
Retentit de son nom et brille de sa gloire.

De ses travaux fameux il recueille le fruit ;
Il repousse l'Anglais dans son île en démence,
Où des séditions l'embrasement commence,
L'exile sur les mers, et partout le poursuit ;
      Sa gloire au comble est parvenue.
      Heureux les projets qu'il résout !
      La Pologne, libre et debout,
A le pied sur sa chaîne et le front dans la nue.

ODE

SUR

L'ANNIVERSAIRE DE S. M. LE ROI DE ROME.

Toi qui viens de r'ouvrir la marche de l'année,
Soleil, du haut des cieux abaisse tes regards
Sur le berceau prospère où Louise, inclinée,
Contemple avec orgueil l'héritier des Césars,
Jeune bouton qui naît de la fleur d'hyménée,
Et qui se développe aux doux rayons de mars.

— Voici le jour, dit-elle, où mon époux vit naître
Son premier né, l'espoir de ses peuples chéris;
Son cœur fut plein de joie en le voyant paraître,
Et dans mes yeux charmés mes pleurs s'étaient taris:
Mon fils à mon amour sembla me reconnaître;
Un baiser de sa mère eut son premier souris. —

Elle dit, et ses yeux, où la joie étincelle,
Se relèvent, tournés vers son auguste époux,
Qui s'avance, entouré de sa gloire immortelle:
— Un fils, dit le héros, me fut donné par vous:
Au premier rang des rois Dieu lui-même l'appelle;
Albion en pâlit sur son trône jaloux.

Qu'il croisse sous mes yeux, que son bras s'aguerrisse,
Ferme dans le péril, puissant dans les combats.
Le trône est sous la foudre, au bord d'un précipice;
Le seul courage y monte et n'y chancelle pas:
Que mon fils sur le trône après moi s'affermisse,
Et que sa main se joue à fonder des états.

—Et moi, voici les vœux où se complaît sa mère,
Dit l'auguste Louise en le couvrant de fleurs :
Comme un dieu bienfaisant descendu sur la terre,
Un jour puisse-t-il rendre, essuyant tous les pleurs,
A la veuve un époux, à l'orphelin un père!
Son sceptre en les touchant doit calmer leurs douleurs.

—Je veux, dit le héros, qu'ami de la justice,
Il monte avec respect dans le temple des lois:
Ma sagesse en fonda l'immortel édifice:
Pour parler à ses yeux l'airain y prend ma voix;
Il lui dit : QUE LE CRIME A TON SEUL NOM PALISSE;
L'INFLEXIBLE ÉQUITÉ FAIT LA FORCE DES ROIS.

—Mais si le Repentir, baissant un œil humide,
Lui vient tendre à genoux ses suppliantes mains,
Qu'il ne repousse pas sa prière timide;
Du trône à ses sujets qu'il ouvre les chemins.
Pour fléchir les arrêts de l'Equité rigide
Le ciel fit la Bonté, qui pardonne aux humains. —

O muse! à ce discours de l'auguste Marie
Ta lyre, qui l'écoute, est dans l'enchantement;
Elle craint de troubler ta longue rêverie,
Et ne rend sous tes doigts qu'un doux frémissement:
Muse, réveille-toi; que ta main attendrie
Sur la corde docile erre légèrement.

O prodige nouveau qui te frappe et t'inspire!
Un ange, environné d'immortelle splendeur,
S'offre aux yeux souverains qui veillent sur l'empire;
Son front, beau de jeunesse, est paré de candeur,
Et son regard perçant, où la gaîté respire,
D'un horizon lointain sonde la profondeur.

Sa robe aérienne éclipse la verdure
Qui revêt le bocage au départ des hivers;
Il livre aux doux zéphirs sa flottante parure;
Un prisme est dans sa main, vacillant dans les airs,
Des plus brillans reflets colorant la nature,
Et brisant ses rayons en rapides éclairs.

Sur ses ailes d'azur il plane et se balance;
Dans l'autre main se joue une baguette d'or:
— O roi, dit-il, je suis l'ange de l'Espérance. —
D'un sourire à ces mots il s'embellit encor.
— Je viens te dévoiler les destins de la France,
Et devant tes regards je suspends mon essor.

Toi, fleur de Germanie et rose nuptiale
Que caresse aujourd'hui son œil victorieux,
Je te dois, ô Marie! une faveur égale.
La mère du sauveur sur toi jette les yeux :
De vos deux noms amis la splendeur est rivale ;
L'un brille sur la terre, et l'autre dans les cieux. — (1)

L'ange disait ces mots. Une nuit imprévue
Se répand dans les airs, qu'elle vient de couvrir ;
Une voix éclatante alors fut entendue :
— CELUI DE QUI LES TEMPS GARDÉRONT SOUVENIR
VOIT AU-DELA DES TEMPS ; RIEN N'ÉCHAPPE A SA VUE :
LE REGARD D'UN GRAND HOMME ÉCLAIRE L'AVENIR. —

Dans la profonde nuit l'œil du héros se plonge.
O surprise! il la voit reculer et pâlir ;
Un immense horizon naît, s'étend, se prolonge
Où des siècles sans fin, qui n'ont pu le remplir,
Se poursuivent, pareils aux fantômes d'un songe,
Et dans l'éternité courent s'ensevelir.

---

(1) O Mariæ geminum jubar! ô fax alma salutis!
    O cultum semper nomen semperque colendum!
    Hæc cœlo regina micat ; micat altera terris.

                                LEMAIRE.

Comme un fanal qui brille à travers les orages,
Sur un phare élevé, battu des flots amers,
La gloire du héros brille au-dessus des âges,
Couvrant de son éclat tous les siècles divers :
Ainsi l'astre du jour, dissipant les nuages,
Blanchit de ses clartés l'azur mouvant des mers.

Au bruit de son grand nom son oreille est captive ;
Son nom règne, vainqueur du temps silencieux,
Sur la postérité, qui l'écoute attentive :
Tel des foudres guerriers le bruit audacieux
Tonne du sein d'un port, roule de rive en rive,
Court d'échos en échos, et monte vers les cieux.

Enfin, plus près de lui, son regard se repose
Sur l'heureux rejeton qui sort du cèdre altier ;
De sa fécondité l'urne des cieux l'arrose ;
Il doit, d'un vert feuillage immortel héritier,
Le front enorgueilli de sa couronne éclose,
Croître, et de ses rameaux couvrir le monde entier. (1)

---

(1) . . . . Plaude tibi; te vastis ardua ramis
Protegit, et primam generoso a stipite prolem
Arbor agit, longos quæ duratura per annos
Ventorum immotâ ridebit fronte furores.

LEMAIRE.

La tige impériale est toujours florissante ;
Chaque année y suspend les vœux des nations ;
Il la voit défiant la tempête impuissante,
Immobile au milieu des révolutions ;
Il voit, pressant toujours leur foule renaissante,
Sous son ombre passer les générations.

Il goûte dans son âme une allégresse entière ;
De l'avenir d'un fils son bonheur s'est accru ;
Il songe à le guider dans sa longue carrière.
Soudain du haut du ciel l'éclair est accouru :
Ebloui, le héros abaisse sa paupière ;
Il relève les yeux : tout avait disparu.

Sa mémoire du moins garde l'heureux présage
Dont le ciel a voulu flatter son noble cœur ;
Louise à ses côtés laisse sur son visage
Briller en traits charmans son modeste bonheur :
Elle est mère ; elle dit : — Vois-le naître, ô Carthage !
Ton trident fléchira sous son glaive vainqueur. —

Oui, tu le rempliras cet espoir de la terre,
Digne fils d'un héros ! Sous les yeux paternels
Accoutume tes mains à lancer le tonnerre.
Ma muse, qui te place entre les dieux mortels,
Suit d'avance ton vol dans les champs de la guerre,
Et prépare l'encens pour tes jeunes autels.

Prête, prête l'oreille aux accords de ma lyre ;
Peut-être ses concerts ont de quoi te flatter :
Moi de la gloire aussi j'éprouve le délire ;
Que mes nobles accens te puissent transporter !
Triomphe sur les pas du héros qui m'inspire,
Et, plein de vos exploits, je saurai les chanter.

Les muses près des rois ne sont point étrangères,
O prince ! Honore-les de tes sages regards ;
Leurs promesses jamais ne furent mensongères ;
Leur laurier ne meurt pas sur le front des Césars :
Tombent des plus grands rois les grandeurs passagères ;
Leur gloire se rallume au feu sacré des arts.

Sais-tu que la Louange en parcourant le monde
Fait résonner sa voix durant l'Eternité ?
L'aigle ne suivrait pas sa course vagabonde :
Elle vole, et, jetant une immense clarté,
Dans la tempête obscure ou dans la nuit profonde
Fait resplendir son front, ceint d'immortalité.

FRAGMENS

d'une Traduction de la dixième Satire de Juvenal.

Des rives de Gadès jusqu'aux lieux où l'aurore
Voit le Gange rouler ses ondes, qu'elle dore,
Combien peu de mortels, juges toujours égaux,
Discernent les vrais biens mêlés avec les maux,
Se font de chaque objet une fidèle image,
Et conservent toujours leur raison sans nuage!
Qui ne s'est reproché, victime du succès,
Des projets entrepris ou des vœux satisfaits?
Qui règle ses désirs ou modère ses craintes?
Le ciel, las de nos vœux, l'est-il moins de nos plaintes?
O des dieux indulgens trop facile bonté!
Le cri des passions n'est que trop écouté.
Fol espoir! Je demande, et j'obtiens ma ruine;
Je fais tomber sur moi le vœu qui m'assassine.
Combien par leurs souhaits ont hâté leur malheur!
L'avocat, le guerrier partagent cette erreur;
Elle est dans tous les rangs. Rome, je t'en atteste;
A plus d'un orateur l'éloquence est funeste:
Du destin de Milon vous savez la rigueur;
Que lui sert de son bras l'étonnante vigueur?

Sa force le trahit; dangereux avantage,
Qui ne fait qu'augmenter ses douleurs et sa rage.

La soif de l'or surtout s'irrite au fond des cœurs ;
C'est le plus acharné des vices corrupteurs.
Pauvre, on attend du sort les trompeuses largesses ;
Riche, on désire encor de plus grandes richesses :
Autant que sous les flots d'un océan lointain
La baleine en grosseur surpasse le dauphin,
Autant on veut d'autrui surpasser l'héritage.
Funeste ambition qui nous porte dommage !
Rappelons-nous ces jours de sanglans attentats
Où du cruel Néron les avides soldats,
Tout fiers d'exécuter ses ordres tyranniques,
Investirent des grands les palais magnifiques :
Du glaive des tyrans le chaume est respecté ;
Le refuge du pauvre est dans sa pauvreté.
De quelque peu d'argent que s'enfle votre bourse,
Timide voyageur, vous hâtez votre course ;
Vous ne pouvez bannir la frayeur qui vous suit ;
Les embûches, le glaive, ou l'ombre de la nuit,
Tout vous fait peur; un souffle, un roseau qui s'agite,
Un rien fait frissonner votre cœur qui palpite :
L'indigent ne craint point le voleur inhumain ;
Il l'aperçoit, il chante, et poursuit son chemin.

Le vœu le plus commun, le vœu le plus funeste,
Celui dont nous lassons la colère céleste,

Le voici : — Dieu puissant! augmente mes trésors,
Et daigne au premier rang placer mes coffres-forts! —
Vœux insensés! Jamais ta bouche frémissante
Ne boira le trépas dans l'argile innocente;
Tremble quand le Falerne étincelle à tes yeux
Dans l'or environné de cristaux précieux.

. . . .

. . . .

L'ambition se perd en irritant l'envie;
Par de jaloux regards sa fortune est suivie;
Elle monte, elle tombe; et plus l'Orgueil trompé
Se pare insolemment de son faste usurpé,
Plutôt de ses grandeurs lui-même il fait justice,
Lancé du haut des cieux au fond du précipice.
Sous des titres pompeux il affrontait le sort:
Chaque titre de gloire est un arrêt de mort.
Du haut d'un piédestal descendant sur l'arène,
Le bronze suit honteux le cable qui l'entraîne;
La hàche, sous un bras naguère adulateur, —
Frappe et brise en éclats le char triomphateur,
Et les chevaux d'airain, et l'impuissant trophée,
Qu'assiége une fureur trop longtemps étouffée.
O destins! le feu brille, et les soufflets mouvans
Retentissent gonflés de l'haleine des vents,
Qui, nourrissant l'éclat de la flamme ondoyante,
Embrasent les charbons dans la fournaise ardente.

De ce fameux Séjan si longtemps adoré
Se fond en pétillant le front deshonoré;
Le grand Séjan s'allume, et de ce fier visage,
Que l'univers flattait de son second hommage,
Le noble airain se perd avec son vain renom
Dans des urnes sans gloire et des vases sans nom.
— Ceins ton front de lauriers; conduis au Capitole
Un bœuf gras et sans tache, et que le fer l'immole:
Par la main des bourreaux Séjan est entraîné;
C'est la publique joie; oui, d'un œil étonné
On l'admire.—Quels traits! quels mépris sur sa bouche!
Quel front plus orgueilleux! quel regard plus farouche!
Je ne l'aimai jamais, et j'en fais le serment.
Le traître! et quel forfait hâta son châtiment?
Quel est l'accusateur, le témoin de son crime?
— Rien de tel.—Quoi! — Caprée a perdu la victime;
Une lettre a tout fait. Sa diffuse longueur...
— Je t'entends; j'applaudis cette juste rigueur.
Et le peuple? — Le peuple a suivi la fortune.
Dans sa mobilité cette chance est commune;
Il hait les condamnés, les accuse et les fuit.
Aujourd'hui si Séjan, du piége mieux instruit,
Eût d'un fer imprévu, d'un bras rempli d'audace,
En frappant son vieux maître, étouffé sa menace,
Le peuple, par ses cris approuvant sa fureur,
Briguerait un coup d'œil de Séjan empereur.

. . . .

. . . .

Combien pèse aujourd'hui la cendre d'Annibal?

C'est là ce conquérant, aux Romains si fatal,

Que n'a pu contenir l'Afrique tout entière,

Du Nil, de l'Océan trop étroite barrière!

C'est peu de l'Ethiopie et du climat brûlant

Qui nourrit dans ses bois le difforme éléphant;

L'Espagne est ajoutée à son empire immense;

Les monts pyrénéens ont connu sa puissance;

Son vol les a franchis. La Nature en courroux

Se couvre devant lui de ses frimas jaloux;

Elle oppose au vainqueur et les Alpes glacées

Et de rochers aigus leurs cimes hérissées :

Vain obstacle; la flamme apporte son secours;

D'un torrent de vinaigre il dirige le cours;

Il dissout les rochers; il ouvre les montagnes;

De leurs sommets vaincus il fond dans les campagnes;

Il force l'Italie au joug Carthaginois;

A l'Italie entière il veut dicter ses lois.

« Tout le passé n'est rien, soldats, si vos cohortes

« Dès Romains assiégés ne vont briser les portes,

« Et si mes étendards, plantés par votre main,

« Ne flottent triomphans sur le mont Tarpéien. »

L'entendez-vous? Quel front! Sur sa bête Getule

Ce borgne ambitieux n'est plus que ridicule.

L'heureux modèle à peindre! Oui, je l'offre à tracer

Au comique pinceau qui voudra l'esquisser.

Et qu'ont produit ses vœux? Que devient-il? O gloire!
Il s'enfuit, et l'exil a suivi la victoire.
D'un roi Bithynien mémorable client,
Il traîne dans sa cour son ennui patient,
Ou, veillant à sa porte, il attend qu'il lui plaise
De sortir d'un sommeil qu'il savoure à son aise.
Il troubla les humains, il leur ravit la paix;
Il ne périra point accablé sous leurs traits;
Respecté des combats, mais en butte à l'envie,
La fronde ni le fer n'abrégeront sa vie;
C'est un chétif anneau qui venge les Romains,
Et Canne et tout le sang répandu par ses mains.
Hé bien, cours, insensé! Des Alpes orageuses
Franchis les profondeurs ou les cimes neigeuses,
Afin que des enfans le novice Apollon
Dans des vers ampoulés vante un jour ton grand nom.

O du jeune Alexandre ambition profonde!
Le malheureux étouffe à l'étroit dans le monde;
Comme si, resserré par des écueils voisins,
La pointe de ces rocs s'enfonçait dans ses reins.
Attendez; le héros viendra dans Babylone.
Inutiles grandeurs dont l'éclat l'environne!
Un cercueil lui suffit; la mort, qui le surprend,
En frappant son orgueil lui montre son néant:
Le coup qu'elle a porté nous dit ce que nous sommes;
Le trépas d'Alexandre est la leçon des hommes.

~~~~~~

FRAGMENT DE CLAUDIEN.

FELIX QUI PATRIIS ÆVUM, ETC.

———

Heureux qui, satisfait d'un modeste héritage ,.
Dans les champs paternels laisse couler son âge!
Même toit le voit naître, et même toit mourir;
Aux lieux où, jeune enfant, il rampait sur l'arène,
Un bâton à la main, sa vieillesse se traîne;
Du sein de sa chaumière il voit les ans courir;
La fortune, à ses yeux mobile et mensongère,
Ne l'entraîna jamais au milieu d'un vain bruit;
Il ne va point, cherchant le bonheur qui s'enfuit,
Sous des cieux inconnus boire l'onde étrangère;
Il dédaigne, tranquille, éloigné des hasards,
Les faveurs de Neptune ou le courroux de Mars;
Fuit le barreau sordide et sa rauque éloquence;
De la cité voisine ignore les remparts,
Et, libre, se complaît dans son indépendance;
Il a des vastes cieux la pleine jouissance;
Du temps, qu'il voit marcher, il mesure les pas
Par le retour des fruits, non par les consulats;
Il connaît le printemps, il distingue l'automne
Aux fleurs dont il se pare, aux doux fruits qu'elle donne;

Il voit aux mêmes lieux naître et mourir le jour;
L'horizon de ses champs est la borne du monde;
Sa mémoire à son gré, dans une paix profonde,
Du cercle de ses ans recommence le tour.
Ce grand chêne aux longs bras est né d'un faible germe;
Enfant, il l'a tenu dans le gland qui l'enferme;
Il a vu comme lui croître les bois voisins,
Et vieillir avec lui ces bois contemporains.
Vérone à sa pensée est plus lointaine encore
Que le peuple noirci qui voit naître l'aurore;
Il prendrait du Bénac les flots capricieux
Pour ces mers que le ciel empourpre de ses feux,
Et cependant, chargé du poids des ans qu'il traîne,
Il lève un front robuste, et, se courbant à peine,
Tenant ses petits fils dans ses bras vigoureux,
Il marche vers sa tombe en rendant grâce aux dieux.

FRAGMENT DE SENEQUE.

THIESTE, ACTE PREMIER.

SUPPLICE DE TANTALE.

Déplorable jouet de la faim dévorante,
Tantale, l'œil avide et la bouche béante,
Voit pendre sur son front, condamné par les dieux,
Des rameaux tout chargés de fruits délicieux,
Qui, courbés lentement vers sa bouche enflammée,
Lui font sentir déjà leur saveur embaumée,
Mais dont la fuite, hélas! plus prompte que l'éclair,
Emporte son espoir, qui s'envole dans l'air.
Ils descendent : son sang dans ses veines bouillonne;
Leur éclat le séduit; leur parfum l'environne :
Vains appas! dans ses vœux tant de fois abusé,
Au moindre mouvement son corps s'est refusé.
Il détourne ses yeux, qu'il fixe sur la terre;
Il enchaîne la faim dans ses dents, qu'il resserre.
Mais toute une forêt, s'inclinant de nouveau,
Suit les balancemens de son riche fardeau,
S'approche de Tantale, et l'invite, et le touche;
Tout l'automne à la fois sollicite sa bouche;

La branche qui l'insulte irrite encor sa faim :
A l'espoir qui le trompe il s'abandonne enfin ;
Mais sitôt que son bras, étendu vers Pomone,
Croit saisir les trésors dont elle se couronne,
Sa main vide se ferme ; ô tourmens des enfers !
Tous ces fruits conjurés remontent dans les airs.
Aux douleurs de la faim la soif, non moins cruelle,
Joint tous les aiguillons de sa rage immortelle :
Tantale sur les flots se penche, haletant ;
Mais l'onde fuit sa bouche et s'écoule à l'instant.
Sa bouche reste ouverte... O souffrance de reste !
Son aride gosier boit des flots de poussière.